胎動短歌

胎動短歌

Collective vol.3

胎動

目次

Dream Baby Dream

青松輝

お互いのカメラロールを見せあって何度も〈僕たち〉と言っただけ

バスで読んだシェイクスピアに - そこらじゅう朝の光に - ふるえる会話

マッチ棒で組み立てたみたいなココロの機動隊　夜と衝突する

DREAM BABY　いつも夜中にあらわれる〈僕〉という名の夢主人公
それはそう　酔ってえろくなったあなたを傷つけられるのはあなただけ
（役立たず）（その夜）（僕が）（乗った電車が）（向かうのは）（光が丘）（って駅）
カートコバーン　それから独りになった僕は詩を書くこともやめてしまうだろう
十九時には空のすべてが藍色になる　本当のことを言おうか

ホリデー・メイキング

伊波真人

いつも見る人もいなくて連休の電車は異界行きのしずけさ

うどん派もそば派もひとつに溶け合ってフードコートに争いはない

美術展の人の流れは川に似て川のほとりでひとやすみする

着ぐるみが二回うなずくショールームのスーツの男が耳打ちすれば

飛行機が大きく見えると盛り上がるついさっきまで乗っていたのに

旅先でなぜか頭をよぎるのは犬のしつけや水の買い置き

パーキングエリアのＣＤコーナーのチョイスはこの世の不思議のひとつ

お土産のご当地菓子を食べ切ったとき本当に旅行は終わる

みちるとうつる

岡野大嗣

タワレコを出て水を飲む　トイレまでのタワレコではないエリアを歩く

本当はできる　みたいにふれたとき本当を鳴らす展示のピアノ

テレビ売り場の訃報特番　立ちどまるひとが悲しいかはわからない

しょんぼり、　に出てくる絵文字　この中のいちばん軽い落ちこみ方で

おなかいっぱいでＵＦＯキャッチャーのギャラリーにまぎれて待ってます

水を買うのには慣れない　実際に心が満ちていくSaturday Night

夜道ラブ　眼鏡に心がうつる夜　ジュースを飲んでジュースをあげる

背景に路地のおしゃれな看板を　車が来てるから死なないで

かげよかたちよ

岡本真帆

文明の滅びたあとの強すぎる西陽がさして空（から）の旅客機

麦酒などなくても心地よくなれる京成線の車窓がほしい

謎の塔　焼却場と知ってから会えなくなった級友のこと

白だけのPDFの読めてしまうことに気づいてzipに戻す

凍蝶のようだね二人押しボタンだとわからないままたたずんで

見ていない間に影が嗅いでいるのはヤマボウシ五月の白の

この初夏の先祖返りが始まって高野文子の描く夜の線

冬眠をするならジュンク堂がいい　図鑑の花に恨まれながら

犬になりたい

荻原裕幸

日本を諦めるなと誰か叫んでる菜の花のひろがりに向かつて

突然だけど春のすべてを噛むために顎が強めの犬になりたい

一文字一万円で詩を註文されたなら白梅の鳴く声を書きたい

かつてビデオ屋だつたこの店いま何を売るのか燕の巣が新しい

日々に必要なものの上位にアマプラが入つてしまふ悔しい四月

七五書店のない春の日をどこかまだ許容できないひだまりの坂

せつかちな躑躅がひらききる午後に私はまだ一つもひらかない

生前すでにけむりであつたといふ説もあつて寺山修司忌しづか

酸性雨

金田冬一（おばけ）

服を着たチワワを乗せたベビーカー放火魔が住む街の夕暮れ
ヒサシブリお互いにもう大人だし気付いていないふりをし合おう
地平線コンビナートが吐く煙パンを千切ってゾンビに渡す

汚れてる手と汚れてる手を繋ぐ引きずる足に歩幅を合わす

酸性雨　他人の傘を盗めないあの子は溶けた　僕は残った

戻れない国のおはなし何もかも幻だった幸せだった

どっちでもいいよどうでもいいんだよ良い思い出も悪い予感も

バラバラの僕を拾って縫ってくれてありがとうでも捨ててください

未完成クラブ

カニエ・ナハ

心は彫刻。声は写真。影は音楽。ここは未完成クラブようこそ
ここでは石が肖像画です。名前を見つけるまでの祭壇
手紙にふれる手が紙が　鏡の中ではすべてが鏡

花嫁が花束になりああなんて風光明媚なフードコートよ

入院が見ている夢がパラダイス庭が今夜はよく燃えてるね

世界が今日も工事中なので会えない絵文字の鳥を送ります

自らを緑化すること　たとえば緑茶を飲み続けるなど

豊穣が破裂する光ばらばらの光あまねく赤ちゃんがんばれ

間氷期、その光

上篠翔

あかるいひ　少しうごける　紫の五枚の羽の花の名を知る

ぼくはこっちだ　いつも領土にとどまって春ゆくまでを自慰する側だ

あとすこし詩人の墓から歩いたら香炉の森のその間氷期

リリシズムとリリイの奪う太陽を愛していたい祈りの距離で

生きるのに疲れてきた　ソメイヨシノ　疲れるのに歩き続けてきた

生命の痛みに耐えて飲む水のデクレッシェンド／アッチェレランド

硬券の、海浜公園まで行きの、これから先の恋の涼しさ

どうしてももうだめらしい涯の日のあなたは火炎で、また来世でね

そっと

狐火

空き缶に昨夜の記憶そっと置き乾いた喉に水道の水

葉桜と朝靄の中そっと舞う花粉と黄砂誘うくしゃみ

冬物をタンスに仕舞いそっと聞く天気予報と春の足跡

口元に付いたカレーをそっと拭き芋の皮むく煮立つ鍋上

夕暮れに缶ビールのフタそっと開け一口飲んで減っていく今日

燕飛ぶコンビニ前でそっと見る巣から顔出す親を待つ夜

七転び八起を期待しそっと待つ足元気にして進まぬ家路

千鳥足赤ちょうちんがそっと揺れ遠回りした空に三日月

ザリガニをちぎって

木下龍也

父さんが来なくなるならいつまでも自転車に乗れたくなかったな

車椅子にひらいた傘を座らせて小降りのなかを押してゆく人

ザリガニをちぎってかっこいいほうをあげるからまだ帰らないでよ

生えた？ってことあるごとに訊いてくる六年生はもう生えている

おれという GOOD BOY に母さんは BAD BOY の服ばっか買う

喉の奥から血の味がするほどに走ってもまだ夕映えのなか

キスってさ、どんなんやろね　そう言って高橋がふりむいた　逆光

肉まんをちぎってかっこいいほうをではなくでかいほうをおまえに

目を開ければ

小坂井大輔

斬首されたばかりの頭部がゆっくりと回転してきて醒める夢から

自由とはなんだ　千円札をまた返却してくる自販機を蹴る

首元が伸びきっている肌着から聞こえる現政権の批判が

特殊詐欺グループが持つ闇名簿に父の名前がある夕まぐれ

エリーゼのためにに退廃的な歌詞つけて歌っていたら泣いてた

片膝をついてプロポーズをしてるレストランから漏れる指笛

さすがにやり過ぎだってと女性の声がして首から解けたチョークスリーパー

目を狙って指突き出した春の夜の路地裏の詩をきみに聴かせた

去し春

GOMESS

蝶々がひらりひらら舞う花畑　仄々とした殺戮ショー
駆け抜けて　緑を仆す足跡が　土を返して飛ばした綿毛
青い花　紫の花　赤い花　一人分空けて座る僕ら

まざまざと見せつけられた黒い雲　予報士の声　曇りのち晴れ

遠く光るは幻か陽炎か　狐の嫁入り　ジェンダーレス

樹木なら穴が開いても無事と識り　穴を開けても無事と言う君

恋文は枯れた木の下に埋めたが　乙女色咲いては見つからぬ

思いの丈と同じだけ切った袖　晴れ空は勿忘草の香り

もより

向坂くじら

まつおかの机の上で十五年かけて減りつつある元素表

七分丈から三分出た腕に毛が生えていたからえりかと分かる

昼どきは鮨のにおいを避けたくて遠回りする犬とやまざき

つり革をゆずったあとの空中でみきの手のひらしぼみはじめる

S、M、M、M、LLとつまびいてかねこの着たいTシャツはL

仏壇に祈るかわりにガス台に祈りののぞむはずっと猫背だ

植え込みに白く埋まっているきしが転んだ日から抜けたままの歯

目をとじたおかだのマフラーが駅の非常ボタンを三回なでる

裏切りといえば裏切り

鈴木晴香

海の絵を見たあとで海を見ることは裏切りといえば裏切りだった

描かれた波は動いているように見えた　あなたも動いて見える

バーコードどこにも付いていないのをシャワーを浴びながら確かめた

人間であった過去なら消去してしまったしバックアップも、ごめん
ハイウェイが終わろうとする頃だったそうだあなたはまだ人間の
あと一周まわってほしいと言ったとき二周目はもうはじまっていた
出荷時の初期値に戻す触れたいと思ったこともくちづけもみな
花の絵を見たあとで花を見ることはなかった火ならいくつかは見た

草刈りエレジー

高橋久美子

ぶっとばす車の8割軽トラの　田んぼの蛙はロケンロー

空掴む山の青さに吸い込まれ　私が消えても全部ある

ゴミ箱に捨てた言葉拾っては　コンポストにて発酵さす夜

孵化するひよこのように　キャベツの裂け目より宇宙

軍手脱ぎ　鎌で切りし指赤く　畦に倒れた草も痛かろう

瀬戸大橋渡ったとこから海外で　母のリュックは菓子ばかり

車窓からよその田畑は青々と　冷めてもうまい家のおにぎり

旅を終え　新幹線は畑へと戻すために走り出す

空想転職絵巻

竹田信弥

本のことは好きだけど本屋のことも好きだけど旅にでますわ

待てど暮らせど扉は開かぬ品物背負って行けばいいじゃん

魚の顔みて選ぶ夜明け自分で選ぶ責任と喜び

フラワーショップのクピドのように仲間集めてテレポーテーション
棚を耕すっていうからには水もあげるし太陽も浴びせる
時間奪いの戦いおりて時間を産み出す装置と伝えよ
専門性発揮するには低すぎる景気を上げろよこの野郎
業と業渡って見えたこと我が家に戻ってトライトライトライ

化石譚

千種創一

水槽に太いアリゲーター・ガー眠る、春の幽かな浮力をいなし

夜の駅その両端の瓦斯燈に霧雨あつまるあかるくかるく

自己嫌悪の北極圏にある島のペンギンは悪事をはたらかない

この先は行ってはだめだ、知っている、記憶の廊下にくる、くろいみず
もう死んだ　という現在完了の報せに大きな鱗をもらう
失ったものさえ何かわからなくなって雨ふる草原(くさはら)にいる
あなたは僕の幽霊に、僕はあなたの幽霊に、雪の手紙を書いていたんだ
開封刀(ペーパーナイフ)の鈍いひかりを研いでいくことをおもう　おもうだけの霜月

風の香、ゾンビ、ある夕焼け

千葉聡

担任のノートの表紙に染みはあり草原を撫でる風の香ぞする

「四、五月の面談は進路室で二者で……」短歌になるか、いや、ならないか

模試用の「大学コード表」に全大学が同じちっちゃさで載る

行きたくない大学を言う子よ　志望大学よりも強く強く強く

生真面目な生徒　マティスが飾られてあるかのように白壁を見る

模試順位、評定、偏差値、注意せよ、ちばさとが数字ゾンビになるぞ

大学でやりたいことがある君のことばの熱さが俺を人に戻す

二人とも礼して終わる面談よ　窓いっぱいにぼやけた夕焼け

クロール

toron*

残りたる春のいくつか押し出して緩衝材に穴だけがある

体温を自覚できない生きものの背骨のように廊下は伸びて

身体というギャザーを寄せて制服へ注げば海を演じるひとり

城壁に這いながら沿う朝顔のようにあなたを奔る静脈

歩けども歩けどもただおおいなる浪費と思う　海は寝そべる

定点で星を追いつづける人のように蛇口は上を向きたり

思い出の少しほつれた部分からどうしてひかりばかり零れる

押し寄せる水を漏れなく抱きしめるクロールこれは神さまの初手

点滅

野口あや子

半身をソファーに軽くもたれさせあなたが飲み干したハイネケン

のみほしてまだあまりあるきんいろのひとしずくいまボトルに揺れて

まっくらな甕を覗いてくらがりのさびしさのままだ生きている

貰い煙草の手と手がふれて感電をしそうだオレンジ色の真夜中
きみは私の歩きはてない森だからうつむくときにひかる眼鏡の
でも待って。歩道橋まで吹く風の先にいく黒い背中見ていた
想えばそれは散るからあかるいはなびらのようにこころに点滅をして
はなびらはなびらはなつひらひらももいろのやわらかなそれをいま抱きしめよ

こころスカッシュ

初谷むい

ところで今。兎のわたしと月へ行き桜を植えてみましょう。さくら。

きみのなかみが機械だったらいいのに、は　そこなし沼に投げる飴玉

テレビでみたレシピを信じて作りますあれができるって信じています

だきしめられて、まっくらやみはすこやかで、ほんとうに、桜並木みたいで
わたしにはきみしかおらずきみもまたわたしばかりで　剣飲むマジック
駅のホームでぼうしをぎゅっと押さえてるこころは紫のグラデーション
たったひとつずつしかないのにみつけあえたのはすごいことなんだった。
こころの粒を揺らしてきみは泣いている　いちばんとおい桜が見える

銀の靴

東直子

血のつながり地のつながりに変換し樹木の萌える真昼を走る

ツバメの巣にツバメは孵る　お忘れ物なさいませんようご注意ください

仙人という概念のある星を抜け出していく塵や芥よ

関係のある人とない人といる牡丹咲きつぐ長い石段

持ち手の取れたカップのように傾いたまま語り合う感じがよくて

生き物のすべての言語理解して最後の花はちぎれてゆくの

もうこらえきれない空だ地下道に逃げ込んでゆく人類にとり

銀色の靴履く老女生き終えた人の名前を川にしずめた

Paradigm Shift

ひつじのあゆみ

いいともが終わった頃からこの国は笑っていられなくなりました

樹海へと向かう無言の選挙カー　みんながそれに手を振っている

「信じる」と「疑う」は類義語になりレターパックで送るどんぐり

まやかしの平和な日々がクィディッチの試合みたいに突然終わる

春を売る人に負けじと夏を売る　祖父の育てたスイカが売れる

肺と灰、BADSAIKUSH の咳払い　社会の決めた普通が嫌い

女子アナの私服が記事になる国で報じられずに死ぬのか俺は

5・7・5・7・7　意味も常識もいちいち気にせずに生きましょう

■「24: 球体 john」

平川綾真智

始祖鳥のリストカットは化石する
、水、
は（串刺し目ん玉、を膿む　、
iPhone 13 へ写りそびれた産毛バーガーの（まるい蛆たち
。頭蓋骨ジャングルジムで甥っ子が（脂に滑り溶けだしていく
いびつな米つぶ（に写経し炊いた粥の実で作る小6児童　、

サイレース錠剤、を吊る白亜紀（は
、胎児　、
のフレッシュミートが（臭い　、
TikTokで削ぐ（姪っ子ケバブと爛れていった夜について（
。小腸を万引きし終える5歳児が剥き出していた（乳歯の墓石　。
創世記からの顔風船だけで浮かんで死ねる（つもりなのかい

地獄のハイウェイ

広瀬大志

チタン製の黙示録の書き出しはおれとおまえしかいない地獄

ハイウェイをぬけたところにあるという薄い希望にすがる朝焼け

右側は苦い光だ瀬戸際のダッシュボードの下の太腿

「火を点けて欲しいのか沼」おれという言葉が介す肉の傷みに

足もとがぐらつく夜の標識をくらます邪気は白蟻の翅

地上絵を探すつもりの旅なのに鉢植えを買うこの世の伽藍

よこしまな春の兆しにカラス啼き死ぬウオの目に涙ついばむ

木蓮の花にまぎれた白い猿まじない師ならばこの春を解け

ショート、バットロング

文月悠光

連休の本の厚さは頼もしくベッドは机にならねど積むね

カーテンを開け放つとき図書館のバーコードにも光がよぎる

風邪二日目のよる恋人が作る豚しゃぶうどん朦朧と吸う

緑が嬉しい緑が恋しかったと飢えた目つきで公園をゆく

ピアノ弾くきみの背中に手を置けば小舟のように風を受けたい

アンコール　きみをたたえるときに手を痛める人がいるアンコール

寿司屋のテレビを見やると、知人の歌手がものまね歌手のネタにされていた

この世にはものまねされる人もいるウニ軍艦にはきゅうりも乗れる

短歌イズショート、バットロングと答える春の英会話教室

デザイン担当のMさん

フラワーしげる

ほんとうに平和や平等を信じてる　早く終わらないかな、世界
太陽系で戦争があり二〇二三年時点の最新の兵器でたくさん死ぬ
デザイン担当のMさんの体には今日もたくさん穴がある

人を救うたびに顔に痣が増えてそれでも人を救いつづける蛙に似た牧師

ほらあれだいまのセックスの説明にぴったりだあの簡単な形容詞

そんなにヘイトばかりで飽きないかたまに気分転換で愛してやるのはどうだ

政府与党のような歌ばかりそれも短歌だけどつまらないぞそれ

大塚だけはおれを見捨てず一週間風呂に入らなかった

思ひつきり

堀田季何

わたしとは記憶にすぎずこんなにも記憶のわたし気化してをりぬ

昨(きぞ)までのフェイクニュースが新事実　アナウンサーは淡々と読み

しつかりとハンドル握りアクセルを踏みこむ、そんな時代ぢやあない

デスマスク作りし時代ありにけり死顔どれも穏やかさうで

死ぬるときには皆呼びて思ひつきり苦悶の表情浮かべてやらむ

1ポンドの肉を回収できざりしシャイロック、わが朋シャイロック

人生の1足す1は1であり泥饅頭の大きくなりゆく

可能性へり選択肢ふえてゆく余生をちやうどアップルパイが

短歌が好きだ

枡野浩一

※『毎日のように手紙は来るけれどあなた以外の人からである　枡野浩一全短歌集』（左右社）以降の日記タイトル短歌を八首

ちょっとした毀誉褒貶をおぼえてる　あなたは忘れているだろうけど（2023年1月11日）

スローガンみたいな広告コピーみたいな標語みたいな短歌が好きだ（2023年2月2日）

幸せになると短歌はだめになる　短歌がだめな人になりたい（2023年2月17日）

打席には立ったんだけど空振りをした経験がある何回も　（2023年3月5日）

そのあとのすべてを知りたかったのに「そして一年近くが過ぎた」（2023年3月23日）

まちがえるために生まれて生きている　きょうも生き生きまちがえている（2023年4月13日）

リベンジを果たすためには何回も打席に立たなければならない　（2023年4月15日）

歌われた歌に不満があるならば自分の歌を歌うしかない　（2023年4月22日）

葬花早々

宮内元子

亡き人を想えば何処かで花降るならば　その花に花は降るのか
だいじょうぶ？　ええ、だいじょばない致命傷　泣き出すまえに疾く抱きしめよ
花は花　次の命へ咲くならば　私は花のために散りたい

ひとはひと　わたしはわたし　はなははな　君が散ったら　わたしは寂しい

あの日からいづれをみても想うのは　己が手折り終わらせた花

還りたい　されど戻れぬ場所なれば　この骨埋める墓など要らぬ

捧げもつ花にかんばせ　うずめつつ　吾は吾を弔う

白刃の魂かかえ生きていく　斬って斬られる覚悟はできた

ポートレート

宮崎智之

ただ過ぎるその瞬間のためだけにその鮮烈さを忘れぬために
「大丈夫。私のほうが駄目だから」夕焼けが泣く駄目な僕らと
このままでいれる気がした晴れた日とインターフォンの剥がれたシール

君と見る朝顔の青ベランダでBecause you make me sad.

暮れていく小さな肩のNの字の意味を教えた歩道が遠く

ベッドから灰皿たぐり街灯が紫煙とさらす冷えた背中を

玄関にビンゴの景品叩きつけ「退屈でした」と君は笑った

ポートレート　画鋲の跡と黄ばむ壁たなびくカーテン窓枠の白

まわる春、かわる春

村田活彦

コンビニの光のまえで引き返し暗がりに沈丁花をさがす

コーヒーの染み抜きをする　長くても残り一万日の世界で

『老人と海』を初めて読んだときわたしも十九　忘れてたけど

体重を乗せてペダルは廻りだす　誰かのために生きてみたいと

旧作の仮面ライダーを語った　次代に託す奥義の如く

進路別フローチャートは夢まみれ体に障る　そっ閉じしよう

生まれたし生きてるんだしごほうびになんでも好きにやったらいいよ

バスを待つきみのかたちの凸凹に朝のひかりが乱反射する

ジュース、ジュース、ジュース！

和合亮一

レモン輪切り／コカ・コーラへ投げ込めば／行方不明のあなた炭酸！
はるか赤信号見つめ切り出した別れ話は４トントラックになっちゃった！
靴下の穴と通ずる宇宙なら月面すべて脱ぎ捨てるしか…。

飲み干したオレンジジュース、空っぽのきみの横顔、しろい鳥かご。

無視されてばかり五月の鳩の群れ、怒鳴る、散らばる、かがやく若葉。

生きるとは胸のどこかにこみあがる、美術室の、牛の、頭、蓋骨、の、眼。

新宿の雑踏のなか呼び声だ、母熊が子を探す爪と牙だ。

よく知らない遠い街から送られてきて道玄坂のぜんぶに刺さっている夕焼け。

街を歩けば

ikoma

身に纏う猛人注意のＴシャツ　街を歩けば街ごと出禁

駅地下のひんやりしてる気持ちよさ猫たちが教えてくれた床

ペンギンを叩きつけては足早に吸い込まれていくパチンコ玉

「お客さん……以前も来たことあるかい？」感慨深げに見つめながら
人違いだが「よぉ！」と手を上げて座る　自分が誰かであろうとよい
落ちていた手袋やマフラーを着て１人気ままなファッションショー
この街をつくったやつはこの街を知らない　ワンカップを片手に
どこへでも行ける何者にもなれる自由度ならば俺は頂点

青松輝
一九九八年生まれ。東京大学Q短歌会に二〇一八年から二〇二二年まで所属。ユニット「第三滑走路」、合同歌集『いちばん有名な夜の想像にそなえて』(青松輝+瀬口真司)。「ベテランち」「雷獣」の名義でYouTubeで活動。Twitter:@_vetechu

伊波真人
歌人。群馬県高崎市生まれ。第五九回角川短歌賞受賞。ラジオ・トークイベントへの出演、ポップスの作詞なども行う。著書に、歌集『ナイトフライト』などがある。音楽と映画と写真と漫画と街歩きと川と柴犬が好き。

岡野大嗣
二〇一一年に短歌を好きになりました。なにわのエドシーランって呼ばれたことがあります。

岡本真帆
一九八九年生まれ。高知県、四万十川のほとりで育つ。未来短歌会「陸から海へ」出身。二〇二二年三月に第一歌集『水上バス浅草行き』をナナロク社から刊行。中央線沿いと四万十川沿いの二拠点生活はじめました。Twitter:@mhpokmt

荻原裕幸
歌人。東桜歌会主宰。同人誌「短歌ホリック」発行人。一九八七年、短歌研究新人賞。二〇〇六年、名古屋市芸術奨励賞。歌集『青年霊歌』『あるまじろん』『リリカル・アンドロイド』『永遠よりも少し短い日常』他。一九六二年、名古屋市生まれ。

カニエ・ナハ
詩人。詩集『用意された食卓』(二〇一五)で中原中也賞。最近の詩集に『EN』(二〇二三)、『メノト ヴィネット』(二〇二二)。手製本による少部数の詩集を制作するプロジェクト、参加者と共に抽象的な時空間を現前させるパフォーマンス等、詩を軸に様々な活動を行っている。

金田冬一/おばけ
二〇二〇年に生まれたLOVEマシーン
電波の森のNeoなゴースト #短歌
RIUM @R__I__U__M

上篠翔
玲瓏所属。粘菌歌会主催。二〇一八年、第二回石井僚一短歌賞受賞。二〇二一年、『エモーショナル きりん大全』(書肆侃侃房)刊行。インターネットをやっています。

狐火
一九八二年生まれの福島県出身のラッパー。日本トップクラスのアルバムリリース数(二〇二三年三月時点で二四枚)。会社出勤前にスーツ姿で参加したオーディションを勝ち抜き、SUMMER SONICへの出演を果たした経験があり。近年は映画主演、落語と多方面で活動しているが昼間は会社員。

木下龍也
一九八八年生まれ。歌人。最近、ボクシングのプロテストに合格しました。

小坂井大輔
一九八〇年、愛知県名古屋市生まれ。ギャンブラー。短歌ホリック同人。二〇一六年「スナック棺」にて第五九回短歌研究新人賞候補作。第一歌集『平和園に帰ろうよ』(書肆侃侃房)。短歌の聖地と呼ばれている中華料理「平和園」で働きながら執筆活動をしています。

GOMESS
一九九四年九月四日生まれ、静岡県出身。〝自閉症と共に生きるラッパー〟として注目を集め、多種多様な表現を繰り返し、唯一無二の存在として〝生きる言葉〟を吐き続けている。

向坂くじら
第一詩集『とても小さな理解のための』(しろねこ社)。Gt.クマガイユウヤとのユニット「Anti-Trench」朗読担当。埼玉県桶川市「国語教室ことぱ舎」代表。

鈴木晴香
東京都生まれ。大阪在住。塔短歌会編集委員。「西瓜」同人。現代歌人集会理事。京都大学芸術と科学リエゾンライトユニット所属。歌集に『夜にあやまってくれ』（書肆侃侃房）、『心がめあて』（左右社）。太田出版のWEBマガジンで木下龍也さんと『荻窪メリーゴーランド』連載中。東京で短歌教室を毎月開催。

高橋久美子
作家、作詞家、詩人。バンド活動を経てもの書きに。主な著書に小説集『ぐるり』、詩画集『今夜凶暴だからわたし』、エッセイ集『一生のお願い』など。アーティストへの歌詞提供も。東京と愛媛の二拠点生活中で愛媛ではお百姓をしている。農業チーム「チガヤ倶楽部」を主催し、野菜とともに詩や音楽を生み出す。

竹田信弥
双子のライオン堂店主。文芸誌「しししし」発行人。好きな作家はカフカとサリンジャー。竹田ドッグイヤー名義でも活動。

千種創一
一九八八年名古屋生まれ。二〇一五年、『砂丘律』。二〇一六年、日本歌人クラブ新人賞、日本一行詩大賞新人賞。二〇二〇年、『千夜曳獏』。二〇二一年、現代詩「ユリイカの新人」受賞。二〇二二年、詩集『イギ』、ちくま文庫版『砂丘律』。

千葉聡
一九六八年生まれ。第四一回短歌研究新人賞受賞。歌集歌書『微熱体』『短歌は最強アイテム』、小説『90秒の別世界』、編著『はじめて出会う短歌100』など。

toron*
大阪府豊中市出身。Twitterとうたの日で短歌を詠んでます。塔短歌会、短歌ユニットたんたん拍子、Orion所属。第一歌集『イマジナシオン』（書肆侃侃房）。

野口あや子
一九八七年岐阜生。歌集に『夏にふれる』『眠れる海』他。「小説新潮」にて小説デビュー。歌集「ホスト万葉集」に俵万智、小佐野彈とともに編者として参加。ツイッターオンラインレクチャー「野口と短歌ラリー」常時開催。

初谷むい
一九九六年生まれ、札幌市在住。第一歌集『花は泡、そこにいたって会いたいよ』（書肆侃侃房、二〇一八年）、第二歌集『わたしの嫌いな桃源郷』（書肆侃侃房、二〇二二年）。

東直子
短歌を詠んだり、小説を書いたり、絵を描いたりしています。歌集『春原さんのリコーダー』『青卵』、小説『とりつくしま』『階段にパレット』、歌書『短歌の時間』、エッセー集『一緒に生きる』など。最新刊は書評&エッセイ集『レモン石鹸泡立てる』。

ひつじのあゆみ
京都生まれTwitter在住。二〇一四年、木下龍也の歌集に影響を受け短歌を作り始める。二〇一八年、インターネット上で上篠翔が主宰の粘菌歌会に参加。写真家や大喜利大会への出場など活動は多岐にわたる。ラジオと日本語ラップとシルバニアファミリーを好む。漢検三級。

平川綾真智
一九七九年生まれ。日本現代詩人会、『みなみのかぜ』等に所属。詩誌での活動と並行し、二〇〇〇年以降のweb上の詩の潮流をリード。「シュルレアリスムと音楽」の数少ない研究者の一人。詩集に『h-moll』（二〇二一／思潮社）など。個展に、NFT現代詩展『転調するために』（二〇二三／メタバース美術館）。

広瀬大志
熊本出身、埼玉在住。ミステリー、モダンホラーの手法を用いて詩作を続ける。詩集に『現代詩。文庫広瀬大志詩集』『魔笛』『ライフ・ダガス伝道』など。詩誌『みなみのかぜ』『聲℃』『HOTEL』同人。新詩集『毒猫』を六月に発売予定。

文月悠光
詩人。一九九一年生まれ。一六歳で現代詩手帖賞を受賞。第一詩集『適切な世界の適切ならざる私』で、中原中也賞、丸山豊記念現代詩賞を最年少で受賞。エッセイ集に『洗礼ダイアリー』『臆病な詩人、街へ出る。』。六年ぶりの新詩集『パラレルワールドのようなもの』が発売中。

フラワーしげる
歌人・バンドマン。『ビットとデシベル』『世界学校』。

堀田季何
歌誌「短歌」同人、俳誌「楽園」主宰。芸術選奨文部科学大臣新人賞、日本歌人クラブ東京ブロック優良歌集賞、現代俳句協会賞など。詩歌集『惑亂』、『亞刺比亞』、『星貌』、『人類の午後』、詩歌ガイドブック『俳句ミーツ短歌』。多言語多形式で創作、翻訳、批評。

枡野浩一
一九六八年九月二三日東京うまれ。広告会社社員、雑誌ライター等を経て一九九七年九月二三日、歌人デビュー。二〇二二年三月一九日、小沢健二とスチャダラパーが選ぶ「今夜は短歌で賞」。二〇二二年秋発売の『毎日のように手紙は来るけれどあなた以外の人からである　枡野浩一全短歌集』（左右社）六刷。

宮内元子
知の果てのまだその先に行きたくて　植物園に住んでいる植物園屋さん。水戸市植物公園にて生息中。元渋谷区ふれあい植物センター　園長。Twitter: 心の中の植物園　宮内元子 @fureai_miya

宮崎智之
一九八二年、東京都出身。フリーライター。新刊に『モヤモヤの日々』（晶文社、二〇二二）、既刊に『平熱のまま、この世界に熱狂したい——「弱さ」を受け入れる日常革命』（幻冬舎、二〇二〇）、『中原中也名詩選』（アンソロジー、田畑書店、二〇二二）など。Twitter:@miyazakid

村田活彦
詩人。やしの実ブックス主宰。CD『詩人の誕生』発売中。二〇一五〜二〇一九年に詩の朗読日本選手権「ポエトリースラムジャパン」を主催。現在は poetry reading tokyo として国際交流を図る。twitter スペース「＃朗読居酒屋活」「＃偏愛詩歌倶楽部」配信中。

和合亮一
詩人。中原中也賞、晩翠賞、萩原朔太郎賞などを受賞。二〇一一年、東日本大震災直後の福島から Twitter で連作詩『詩の礫』を発表し国内外から注目を集めた。詩集「詩の礫」がフランスにて出版、第一回ニュンク・レビュー・ポエトリー賞受賞（フランスからの詩集賞は日本文壇史上初）。

ikoma
イベントレーベル「胎動 LABEL」主宰。渋谷のラジオ　ポエトリーリーディング専門番組「渋谷のポエトリーラジオ」パーソナリティー。

あとがき

この度は、胎動短歌会 presents「胎動短歌 Collective vol.3」をお手にとっていただき、誠にありがとうございます。

今回は歌人のみならず、詩人、俳人、ミュージシャン、ラッパー、ライター、書店員、植物園の中の人（！）まで全三四組が参加され、ジャンルを超えた「誌面上の短歌フェス」として各参加者から短歌連作八首をご寄稿いただきました。

あらためまして私たち胎動 LABEL とは「ジャンルを越える」をテーマにしたイベントレーベルになります。

二〇二二年の新型コロナウイルス蔓延により現場でのイベントができない代わりに刊行された書籍が、前号の「胎動短歌 Collective vol.2」でした。

そんな二〇一七年の創刊号以来、五年ごしの刊行となりましたvol.2ですが、文学フリマ東京にて販売開始直後から長蛇の列が発生し列が途切れぬまま約二時間でソールドアウト、書店にもお取り扱いいただき、メディアでは各種ラジオ、短歌誌、そのほか大型イベントにて取り上げられるなど、想像以上の広がりを見せました。

私たちがイベントで培ってきたことを書籍という形に変えたことによって、イベントでは届かなかった新しい層に届くという発見と共に、想像以上の反響の多さに驚きを隠せませんでした。

またお客さまから沢山の熱の籠もった感想をいただきました。

「胎動短歌 Collective vol.3」はその続編となります。

今回も前回以上に多彩なラインナップとなり、参加者の皆様から寄せられた素晴らしい作品にドキドキし、感動し、時には感嘆のため息をもらしながら、一冊にまとめていきました。

それと同時に短歌というアートフォームの奥深さをあらためて感じております。短い詩形の中に込められた深い意味や表現力に感銘を受け、短歌の魅力を再確認いたしました。

さて、「私たちがイベントで培ってきたことを書籍という形に変え」と書きましたが、イベントとは違う大きな点が一つあります。

イベントはその日の瞬間の熱や空間を作ることができますが、書籍はその熱が落ち着いた後にも作品がそこにあり続け、長い時間をかけて楽しむことができるのです。

そして「胎動短歌 Collective vol.3」には、いつ読み直しても心にじんわり残るような素敵な作品が揃ったと思います。

どうぞ末永く、お楽しみいただけましたら幸いです。

また、SNSなどでの感想やご意見を、＃胎動短歌 をつけてお寄せいただけますと、大変励みになります。

最後になりますが、このような試みにご協力いただきました参加者の皆様に、心より感謝申し上げます。

二〇二三年五月一四日　ikoma（胎動 LABEL）

胎動短歌 Collective vol.3
ISBN：978-4-910144-21-4
発行日：2023.5.21
2023.6.15 二刷

発行元：胎動短歌会
ikoma（胎動 LABEL）
https://taidoutanka.official.ec/
Mail：ikm1006@yahoo.co.jp
Twitter：@ikoma_TAIDOU

販売元：双子のライオン堂
装丁・組版：竹田信弥
印刷所：booknext